幼兒 英漢識字圖典

English-Chinese
Picture Dictionary for Kids

新雅文化事業有限公司
www.sunya.com.hk

前言

　　豐富的詞彙對於學習語言非常重要，幼兒從小一點一滴地累積詞彙，對他們將來的語言發展極有幫助。《幼兒英漢識字圖典》針對孩子傾向圖像學習的特點，以簡單可愛的插圖配合中英文詞彙，讓孩子樂於學習，輕鬆掌握超過 300 個中英文生字。

　　書中詞彙以主題劃分，內容均為幼兒日常生活經常接觸到的事物，適合孩子的學習需要。此外，全書詞彙中英對照，並附有漢語拼音，幫助孩子發展兩文三語。家長可以借助本書，結合孩子日常生活接觸到的事物，教導孩子學習詞彙。

　　此外，書內各主題下，均設有中英對照例句，家長可依照例句，引導孩子運用書中詞彙造句。讓孩子通過一問一答，練習簡單的中英語對答，並可增加親子互動的機會。不過語言運用千變萬化，書中例句主要作為學習的引子和參考，家長在指導孩子時，需注意部分書中詞語未必可直接套入例句中，需因應情況調整句子。

Contents 目錄

Colours 顏色

- What colour is the apple?（蘋果是什麼顏色？）

  It is red .（它是 紅色 。）

- What colour are the slippers?（拖鞋是什麼顏色？）

  They are purple .（它們是 紫色 。）

hóng sè
red 紅色

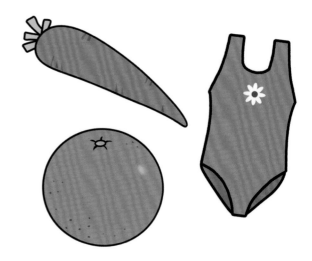

chéng sè
orange 橙色

4

huáng sè
yellow 黃色

lǜ sè
green 綠色

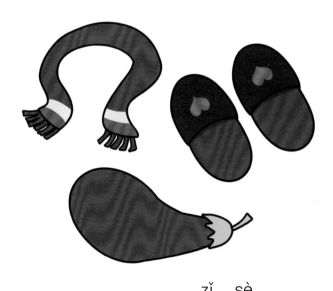

lán sè
blue 藍色

zǐ sè
purple 紫色

5

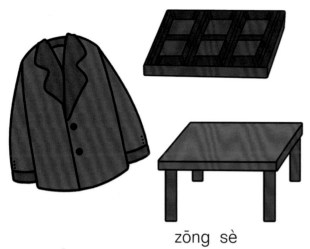

brown 棕色
zōng sè
（啡色）

pink 粉红色
fěn hóng sè

black 黑色
hēi sè

white 白色
bái sè

Shapes 形狀

- What shape is the jigsaw puzzle?（拼圖是什麼形狀？）

  It is a `rectangle` .（它是 `長方形` 。）

- What shape is the clock?（時鐘是什麼形狀？）

  It is a `circle` .（它是個 `圓形` 。）

zhèng fāng xíng
square 正 方 形

cháng fāng xíng
rectangle 長 方 形

7

sān jiǎo xíng

triangle 三角形

yuán xíng

circle 圓形

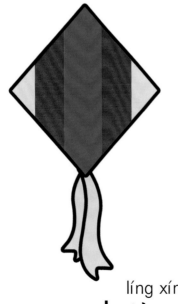

líng xíng

diamond 菱形

xīn xíng

heart 心形

8

Numbers 數字

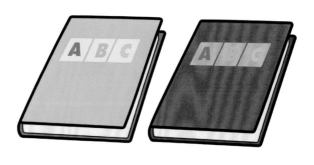

- How many balls do you have? （你有多少個皮球？）

  I have one ball. （我有 一個 皮球。）

- How many books does he have? （他有多少本書？）

  He has two books. （他有 兩本 書。）

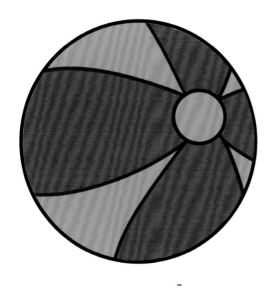

yī

one 一

two 二

èr

9

three 三
sān

four 四
sì

five 五
wǔ

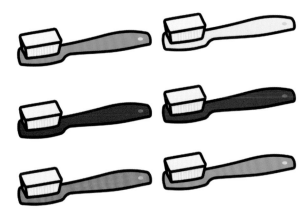

six 六
liù

seven 七
qī

eight 八
bā

nine 九
jiǔ

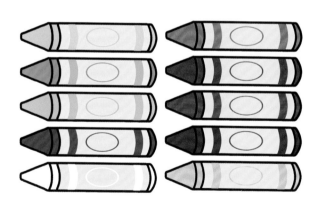

ten 十
shí

11

People 人物

- Who is he?（他是誰？）

  He is my **father** .（他是我的 爸爸。）

- How many brothers and sisters do you have?

  （你有多少個兄弟姊妹？）

  I have one **elder brother** and one **younger sister** .

  （我有一個 哥哥 和一個 妹妹 。）

mother 媽媽 (mā ma)

father 爸爸 (bà ba)

sister 妹妹 / 姊姊
mèi mei / zǐ zi

brother 哥哥 / 弟弟
gē ge / dì di

grandmother 祖母 / 外祖母
zǔ mǔ / wài zǔ mǔ

grandfather 祖父 / 外祖父
zǔ fù / wài zǔ fù

13

nán hái zi
boy 男孩子

nǚ hái zi
girl 女孩子

nán rén
man 男人

nǚ rén
woman 女人

yīng ér
baby 嬰兒

lǎo shī
teacher 老師

xué sheng
pupil 學生

jǐng chá
policeman 警察

15

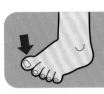
Body 身體

- What do you have?（你有些什麼？）

  I have eyes .（我有一雙 眼睛 。）

  I have a nose .（我有一個 鼻子 。）

- What can you do with your eyes ?（你可以用 眼睛 做什麼？）

  I can see things with my eyes .（我可以用 眼睛 看事物。）

yǎn jing
eye 眼睛

ěr duo
ear 耳朵

bí zi
nose 鼻子

zuǐ ba
mouth 嘴巴

yá chǐ
tooth 牙齒

shé tou
tongue 舌頭

face 臉
liǎn

eyebrow 眉毛
méi mao

head 頭
tóu

hair 頭髮
tóu fa

shǒu
hand 手

shǒu zhǐ
finger 手指

bó zi
neck 脖子

jiān bǎng
shoulder 肩膀

19

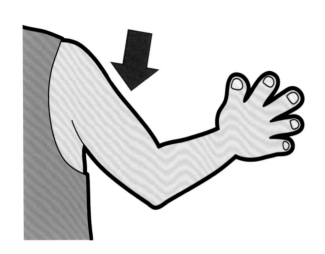

arm 手臂
shǒu bì

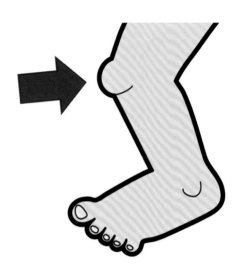

knee 膝蓋
xī gài

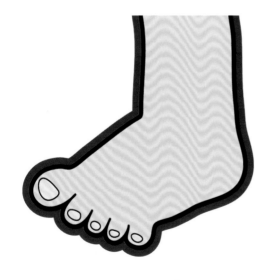

foot 腳
jiǎo

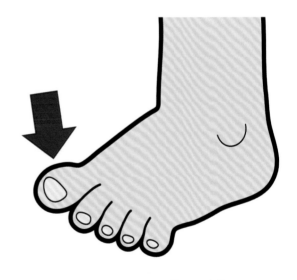

toe 腳趾
jiǎo zhǐ

Actions 動作

- What can you do?（你會做什麼？）

  I can walk .（我會 步行 。）/ I can jump .（我會 跳 。）

- What are your hobbies?（你有什麼興趣？）

  My hobbies are running and reading .

  （我的興趣是 跑步 和 閱讀 。）

bù xíng
walk 步行

pǎo
run 跑

21

stand 站
zhàn

sit 坐
zuò

jump 跳
tiào

talk 説話
shuō huà

tīng
listen 聽

wán
play 玩

yuè dú
read 閱讀

chàng gē
sing 唱歌

23

see 看
kàn

write 寫
xiě

draw 畫
huà

drive 駕駛
jià shǐ

24

xiào
laugh 笑

kū
cry 哭

chī
eat 吃

hē
drink 喝

25

 **Pets** 寵物

- Do you have a pet?（你有養寵物嗎？）

  Yes, I do. I have a dog .（有的，我有養寵物。我有一隻狗）

- What pets do you like?（你喜歡什麼寵物？）

  I like cats and rabbits .（我喜歡貓和兔子。）

xiǎo māo
kitten 小貓

māo
cat 貓

dog 狗
gǒu

puppy 小狗
xiǎo gǒu

rabbit 兔子
tù zi

tortoise 龜
guī

cāng shǔ

hamster 倉鼠

lǎo shǔ

mouse 老鼠

niǎo

bird 鳥

jīn yú

goldfish 金魚

 **Farm Animals 農場動物**

- What animals can you see on the farm?

  （你在農場裏會看到什麼動物？）

  I can see chickens on the farm.

  （我在農場裏會看到 雞 。）

chicken 雞
jī

duck 鴨
yā

29

goose 鵝 *é*

pig 豬 *zhū*

cow 牛 *niú*

donkey 驢 *lú*

shān yáng
goat 山羊

mǎ
horse 馬

xiǎo yáng
lamb 小羊

mián yáng
sheep 綿羊

31

 # Wild Animals 野生動物

- What animals live in the wild?

(什麼動物在野外生活？)

Kangaroos live in the wild.

(袋鼠 在野外生活。)

dài shǔ
kangaroo 袋鼠

bào
leopard 豹

wolf 狼

láng

zebra 斑馬

bān mǎ

tiger 老虎

lǎo hǔ

lion 獅子

shī zi

33

giraffe 長頸鹿
cháng jǐng lù

bear 熊
xióng

panda 熊貓
xióng māo

elephant 象
xiàng

è yú
crocodile 鱷魚

sōng shǔ
squirrel 松鼠

qīng wā
frog 青蛙

shé
snake 蛇

35

deer 鹿
lù

monkey 猴子
hóu zi

hippo 河馬
hé mǎ

fox 狐狸
hú li

 **Sea Animals** 海洋動物

• What animals can you find in the sea?

（你在海洋裏會找到什麼動物？）

I can find whales in the sea.

（我在海洋裏會找到鯨魚。）

jīng yú
whale 鯨魚

shā yú
shark 鯊魚

37

dolphin 海豚
hǎi tún

starfish 海星
hǎi xīng

seahorse 海馬
hǎi mǎ

shrimp 蝦
xiā

shell 貝殼
bèi ké

octopus 章魚
zhāng yú
（八爪魚）

crab 螃蟹
páng xiè

jellyfish 水母
shuǐ mǔ

39

Bugs 蟲子

- What bugs are good for us?（什麼蟲子對我們有益？）

  Bees are good for us.（蜜蜂 對我們有益。）

- What bugs are bad for us?（什麼蟲子對我們有害？）

  Cockroaches are bad for us.（蟑螂 對我們有害。）

mì fēng
bee 蜜蜂

hú dié
butterfly 蝴蝶

ladybug 瓢蟲
pián chóng
（甲蟲）

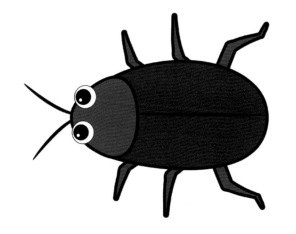

cockroach 蟑螂
zhāng láng

grasshopper 蚱蜢
zhà měng
（草蜢）

ant 螞蟻
mǎ yǐ

máo chóng
caterpillar 毛蟲

zhī zhū
spider 蜘蛛

qīng tíng
dragonfly 蜻蜓

cāng ying
fly 蒼蠅

Food 食物

- What do you like to eat? （你喜歡吃什麼？）

  I like to eat `bread` . （我喜歡吃 `麵包`。）

- What do you like to drink? （你喜歡喝什麼？）

  I like to drink `milk` . （我喜歡喝 `牛奶`。）

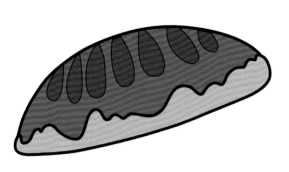

miàn bāo
bread 麵包

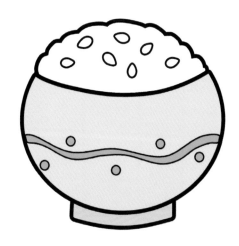

mǐ fàn
rice 米飯

43

miàn tiáo

noodles 麵條

qì shuǐ

soft drink 汽水

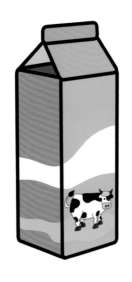

niú nǎi

milk 牛奶

guǒ zhī

juice 果汁

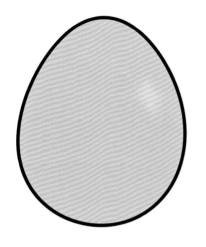

dàn
egg 蛋

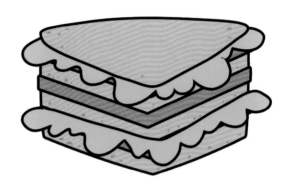

sān míng zhì
sandwich 三明治
（三文治）

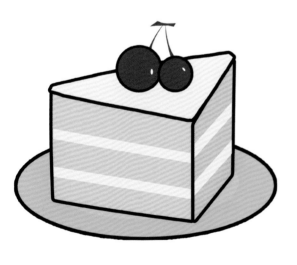

dàn gāo
cake 蛋糕

bīng qí lín
ice cream 冰淇淋
（雪糕）

45

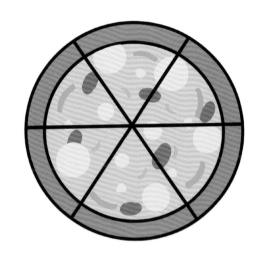

pizza 薄餅
báo bǐng

candy 糖果
táng guǒ

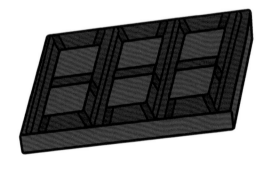

chocolate 巧克力
qiǎo kè lì
（朱古力）

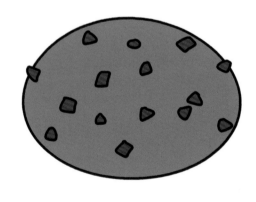

biscuit 餅乾
bǐng gān

salad 沙拉
（沙律）
shā lā

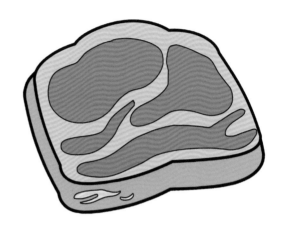

meat 肉
ròu

sausage 香腸
xiāng cháng

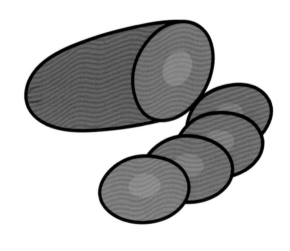

ham 火腿
huǒ tuǐ

47

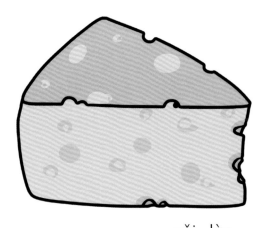

nǎi lào
cheese 奶酪
（芝士）

guǒ jiàng
jam 果醬

guǒ dòng
jelly 果凍
（啫喱）

tāng
soup 湯

Fruits 水果

- What fruits are red? （什麼水果是紅色的？）

  Apples and strawberries are red. （蘋果和草莓是紅色的。）

- What fruits are yellow?（什麼水果是黃色的？）

  Bananas and lemons are yellow.

  （香蕉 和 檸檬 是黃色的。）

píng guǒ
apple 蘋果

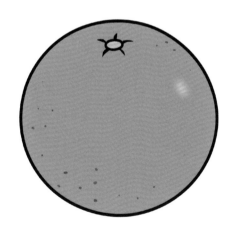

chéng
orange 橙

49

xiāng jiāo

banana 香蕉

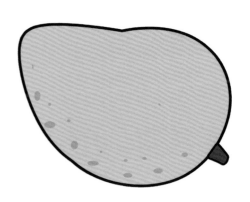

máng guǒ

mango 芒果

xī gua

50 **watermelon** 西瓜

lí

pear 梨

grapes 葡萄
pú tao

（提子）

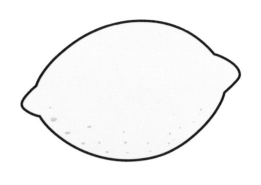

lemon 檸檬
níng méng

pineapple 菠蘿
bō luó

strawberry 草莓
cǎo méi

（士多啤梨） 51

cherry 櫻桃
yīng tao

（車厘子）

peach 桃子
táo zi

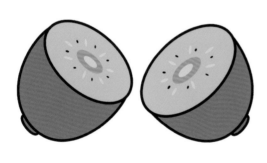

kiwi 奇異果
qí yì guǒ

tomato 番茄
fān qié

52

 # Vegetables 蔬菜

- Which vegetables do you like to eat?

  Eggplants , onions or potatoes ?

  （你愛吃哪一種蔬菜？ 茄子 、 洋葱 ，還是 馬鈴薯 ？）

  I like potatoes . （我愛吃 馬鈴薯。）

qié zi
eggplant 茄子

yáng cōng
onion 洋葱

53

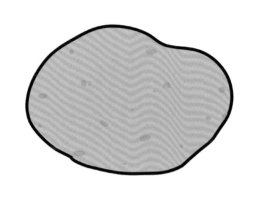

potato 馬鈴薯
mǎ líng shǔ
（薯仔）

corn 玉米
yù mǐ
（粟米）

cauliflower 花椰菜
huā yē cài
（椰菜花）

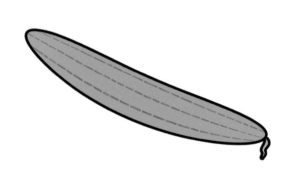

cucumber 黃瓜
huáng gua
（青瓜）

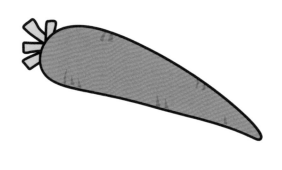

hú luó bo

carrot 胡蘿蔔
（紅蘿蔔）

wān dòu

pea 豌豆

xī lán huā

broccoli 西蘭花

suàn tóu

garlic 蒜頭

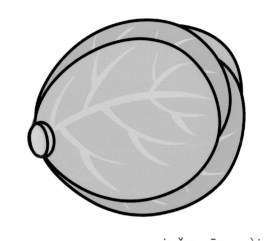

cabbage <ruby>捲心菜<rt>juǎn xīn cài</rt></ruby>
（椰菜）

lettuce <ruby>生菜<rt>shēng cài</rt></ruby>

pumpkin <ruby>南瓜<rt>nán gua</rt></ruby>

ginger <ruby>薑<rt>jiāng</rt></ruby>

Toys 玩具

- What are you doing? （你在做什麼？）

  I am playing a ball . （我在玩 皮球 。）

- What is she doing? （她在做什麼？）

  She is flying a kite . （她在放 風箏 。）

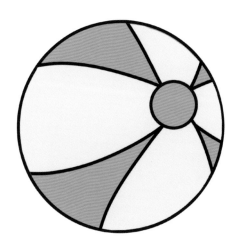

pí qiú
ball 皮球

yáng wá wa
doll 洋娃娃

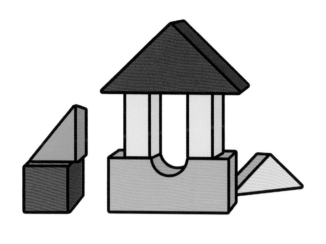

blocks 積木
jī mù

jigsaw puzzle 拼圖
pīn tú

toy gun 玩具槍
wán jù qiāng

robot 機器人
jī qì rén
（機械人）

58

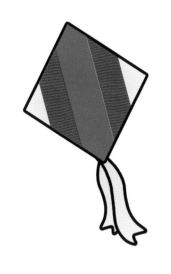

kite 風箏
fēng zheng

video game 電子遊戲
diàn zǐ yóu xì

rocking horse 木馬
mù mǎ

balloon 氣球
qì qiú

59

Stationery 文具

- How many pencils do you have? （你有多少枝 鉛筆 ？）

  I have two pencils . （我有兩枝 鉛筆 。）

- How many rulers does he have? （他有多少把 直尺 ？）

  He has no rulers . （他沒有 直尺 。）

yuán zhū bǐ
pen 圓珠筆
（原子筆）

qiān bǐ
pencil 鉛筆

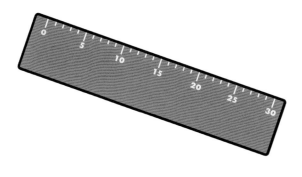

zhí chǐ
ruler 直尺

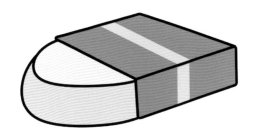

xiàng pí
rubber 橡皮
（擦膠）

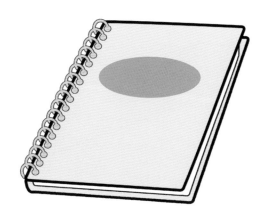

bǐ jì běn
notebook 筆記本
（筆記簿）

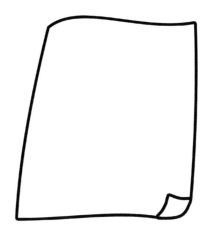

zhǐ
paper 紙

61

book 書
shū

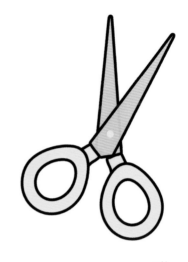

scissors 剪刀
jiǎn dāo

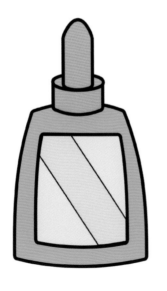

glue 膠水
jiāo shuǐ

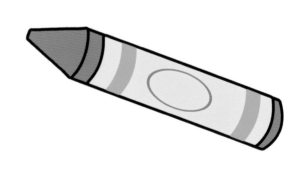

crayon 蠟筆
là bǐ

Clothes 衣物

- What is in the closet?（衣櫃裏有什麼？）

There is a shirt in the closet.（衣櫃裏有一件 襯衫。）

There are a coat and a hat in the closet.

（衣櫃裏有一件 外套 和一頂 帽子。）

chèn shān
shirt 襯衫
（恤衫）

wài tào
coat 外套

63

qún zi
dress 裙子

mào zi
hat 帽子

lǐng dài
tie 領帶

xié zi
shoes 鞋子

wà zi

socks 襪子

wéi jīn

scarf 圍巾

shǒu tào

gloves 手套

duǎn kù

shorts 短褲

65

sweater 毛衣
máo yī

jeans 牛仔褲
niú zǎi kù

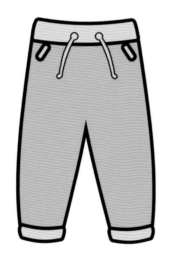

trousers 長褲
cháng kù

pyjamas 睡衣
shuì yī

belt 皮带
pí dài

slippers 拖鞋
tuō xié

vest 背心
bèi xīn

swimsuit 泳衣
yǒng yī

67

Household Items 家居用品

- What is this?（這是什麼？）

  This is a pair of chopsticks .（這是一雙 筷子 。）

- What can you do with chopsticks ?

  （你可以用 筷子 來做什麼？）

  I can eat rice with chopsticks .（我可以用 筷子 來吃飯。）

chā zi
fork 叉子

dāo
knife 刀

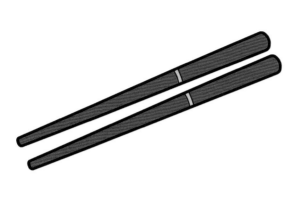

chopsticks 筷子
kuài zi

spoon 匙子
chí zi

cup 杯子
bēi zi

bowl 碗
wǎn

69

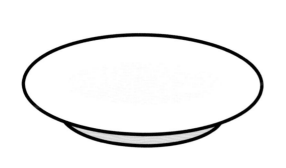

dish 盤子
pán zi

（碟）

bed 牀
chuáng

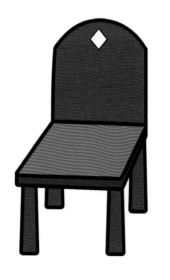

chair 椅子
yǐ zi

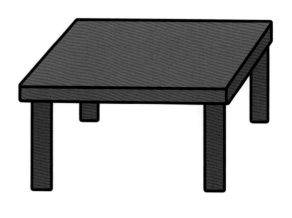

table 桌子
zhuō zi

70

shū zhuō
desk 書桌

shā fā
sofa 沙發
（梳化）

yī guì
closet 衣櫃

shí zhōng
clock 時鐘

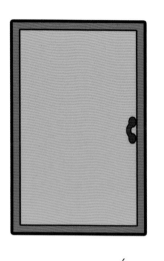

door 門
mén

window 窗
chuāng

broom 掃帚
sào zhou

television 電視機
diàn shì jī

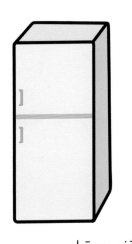

diàn nǎo
computer 電腦

bīng xiāng
fridge 冰箱
（雪櫃）

dēng
lamp 燈

diàn fēng shàn
fan 電風扇

telephone 電話
diàn huà

pillow 枕頭
zhěn tou

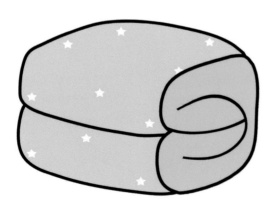

blanket 被子
bèi zi

mirror 鏡子
jìng zi

Daily Necessities 日常用品

- What do you use to brush your hair?（你用什麼來梳頭？）

  I use a comb to brush my hair.（我用 梳子 來梳頭。）

- What do you use to brush your teeth?

  （你用什麼來刷牙？）

  I use a toothbrush and toothpaste to brush my teeth.

  （我用 牙刷 和 牙膏 來刷牙。）

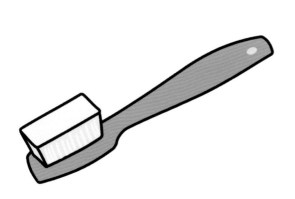

yá shuā
toothbrush 牙刷

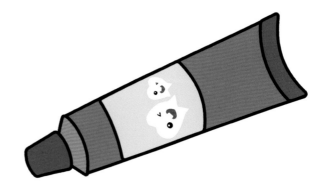

yá gāo
toothpaste 牙膏

75

towel 毛巾
máo jīn

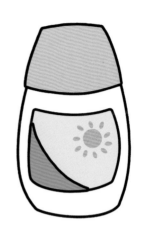

sunblock 防曬霜
fáng shài shuāng
（太陽油）

comb 梳子
shū zi

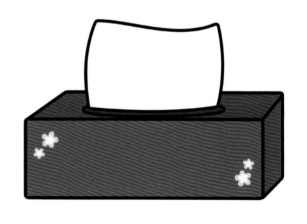

tissue paper 紙巾
zhǐ jīn

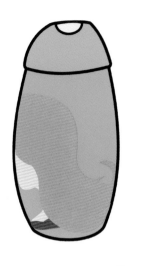

xǐ fà shuǐ
shampoo 洗髮水

mù yù rǔ
shower gel 沐浴乳

bào zhǐ
newspaper 報紙

zá zhì
magazine 雜誌

77

calendar 日曆
rì lì

umbrella 雨傘
yǔ sǎn

raincoat 雨衣
yǔ yī

rain boots 雨靴
yǔ xuē

 # Transportation 交通工具

- What is on the road?（馬路上有什麼？）

  There is a `taxi` on the road.（馬路上有一輛 的士 。）

- How do you go to school?（你怎樣上學？）

  I go to school by `bus` .（我乘 巴士 上學。）

bā shì
bus 巴士

xiǎo bā
minibus 小巴

79

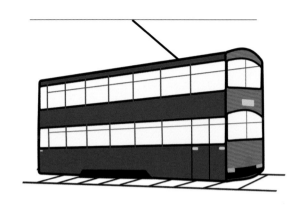

diàn chē

tram 電車

lún chuán

ship 輪船

huǒ chē

train 火車

dī shì

taxi 的士

car 汽車
qì chē

truck 貨車
huò chē

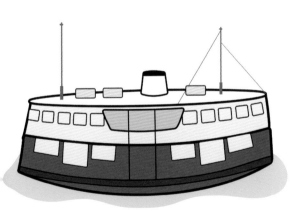

ferry 渡輪
dù lún

motorcycle 摩托車
mó tuō chē
（電單車）

81

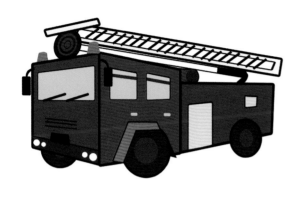

fire engine 消防車
xiāo fáng chē

police car 警車
jǐng chē

ambulance 救護車
jiù hù chē

82

aeroplane 飛機
fēi jī

Places 地點

- Where are you going? （你正在去哪裏？）

  I am going to the `supermarket` . （我正在去 `超級市場` 。）

- Where will you go tomorrow? （你明天會去哪裏？）

  I will go to the `zoo` with my family tomorrow.

  （我明天會和家人去 `動物園` 。）

chāo jí shì chǎng
upermarket 超級市場

gōng yuán
park 公園

dòng wù yuán

zoo 動物園

shāng diàn

shop 商店

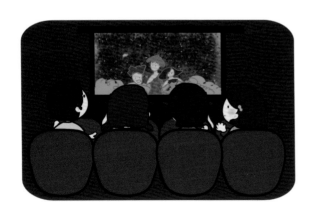

diàn yǐng yuàn

cinema 電影院

xué xiào

school 學校

tú shū guǎn
library 圖書館

hospital 醫院
yī yuàn

jiào táng
church 教堂

shā tān
beach 沙灘

Sports 運動

- What sports do you like?（你喜歡什麼運動？）

  I like playing tennis .（我喜歡打 網球。）

- What sports are you good at?（你擅長什麼運動？）

  I am good at swimming .（我擅長 游泳。）

wǎng qiú
tennis 網球

lán qiú
basketball 籃球

zú qiú
football 足球

yóu yǒng
swimming 游泳

liū bīng
skating 溜冰

qí dān chē
cycling 騎單車

badminton 羽毛球
yǔ máo qiú

table tennis 乒乓球
pīng pāng qiú

skipping 跳繩
tiào shéng

running 跑步
pǎo bù

Nature 大自然

- What can you see out of the window?

（你能從窗外看見什麼？）

I can see the sun . （我能看見 太陽。）

I can see a tree . （我能看見 樹。）

tài yang
sun 太陽

yuè liang
moon 月亮

89

xīng xing

star 星星

yún

cloud 雲

cǎi hóng

rainbow 彩虹

xuě

snow 雪

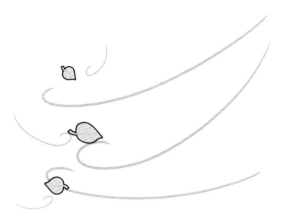

wind <ruby>風<rt>fēng</rt></ruby>

rain <ruby>雨<rt>yǔ</rt></ruby>

tree <ruby>樹<rt>shù</rt></ruby>

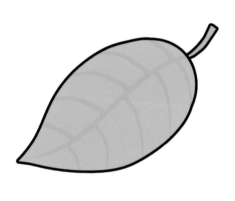

leaf <ruby>葉子<rt>yè zi</rt></ruby>

91

grass 草
cǎo

flower 花
huā

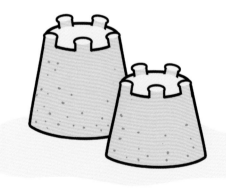

sand 沙
shā

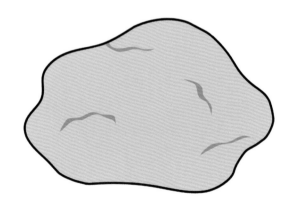

stone 石頭
shí tou

92

tiān kōng
sky 天空

hǎi yáng
sea 海洋

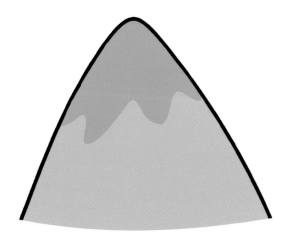

shān
hill 山

hé liú
river 河流

93

Glossary 詞彙一覽表

Colours 顏色
red 紅色
orange 橙色
yellow 黃色
green 綠色
blue 藍色
purple 紫色
brown 棕色（啡色）
pink 粉紅色
black 黑色
white 白色

Shapes 形狀
square 正方形
rectangle 長方形
triangle 三角形
circle 圓形
diamond 菱形
heart 心形

Numbers 數字
one 一
two 二
three 三
four 四
five 五
six 六
seven 七
eight 八
nine 九

ten 十

People 人物
father 爸爸
mother 媽媽
brother 哥哥 / 弟弟
sister 妹妹 / 姊姊
grandfather 祖父 / 外祖父
grandmother 祖母 / 外祖母
boy 男孩子
girl 女孩子
man 男人
woman 女人
baby 嬰兒
teacher 老師
pupil 學生
policeman 警察

Body 身體
eye 眼睛
ear 耳朵
nose 鼻子
mouth 嘴巴
tooth 牙齒
tongue 舌頭
face 臉
eyebrow 眉毛
head 頭
hair 頭髮
hand 手

finger 手指
neck 脖子
shoulder 肩膀
arm 手臂
knee 膝蓋
foot 腳
toe 腳趾

Actions 動作
walk 步行
run 跑
stand 站
sit 坐
jump 跳
talk 說話
listen 聽
play 玩
read 閱讀
sing 唱歌
see 看
write 寫
draw 畫
drive 駕駛
laugh 笑
cry 哭
eat 吃
drink 喝

Pets 寵物
cat 貓

kitten 小貓
puppy 小狗
dog 狗
rabbit 兔子
tortoise 龜
hamster 倉鼠
mouse 老鼠
bird 鳥
goldfish 金魚

Farm Animals 農場動物
chicken 雞
duck 鴨
goose 鵝
pig 豬
cow 牛
donkey 驢
goat 山羊
horse 馬
sheep 綿羊
lamb 小羊

Wild Animals 野生動物
kangaroo 袋鼠
leopard 豹
wolf 狼
zebra 斑馬
tiger 老虎
lion 獅子
giraffe 長頸鹿

bear 熊
panda 熊貓
elephant 象
crocodile 鱷魚
squirrel 松鼠
frog 青蛙
snake 蛇
deer 鹿
monkey 猴子
hippo 河馬
fox 狐狸

Sea Animals 海洋動物

whale 鯨魚
shark 鯊魚
dolphin 海豚
starfish 海星
seahorse 海馬
shrimp 蝦
shell 貝殼
octopus 章魚（八爪魚）
crab 螃蟹
jellyfish 水母

Bugs 蟲子

bee 蜜蜂
butterfly 蝴蝶
ladybug 瓢蟲（甲蟲）
cockroach 蟑螂
grasshopper 蚱蜢（草蜢）
ant 螞蟻
caterpillar 毛蟲
spider 蜘蛛

dragonfly 蜻蜓
fly 蒼蠅

Food 食物

bread 麵包
rice 米飯
noodles 麵條
soft drink 汽水
milk 牛奶
juice 果汁
egg 蛋
sandwich 三明治（三文治）
cake 蛋糕
ice cream 冰淇淋（雪糕）
pizza 薄餅
candy 糖果
chocolate 巧克力（朱古力）
biscuit 餅乾
salad 沙拉（沙律）
meat 肉
sausage 香腸
ham 火腿
jam 果醬
cheese 奶酪（芝士）
soup 湯
jelly 果凍（啫喱）

Fruits 水果

apple 蘋果
orange 橙
banana 香蕉
mango 芒果
watermelon 西瓜

pear 梨
grapes 葡萄（提子）
lemon 檸檬
pineapple 菠蘿
strawberry 草莓（士多啤梨）
cherry 櫻桃（車厘子）
peach 桃子
kiwi 奇異果
tomato 番茄

Vegetables 蔬菜

eggplant 茄子
onion 洋蔥
potato 馬鈴薯（薯仔）
corn 玉米（粟米）
cauliflower 花椰菜（椰菜花）
cucumber 黃瓜（青瓜）
carrot 胡蘿蔔（紅蘿蔔）
pea 豌豆
broccoli 西蘭花
garlic 蒜頭
cabbage 捲心菜（椰菜）
lettuce 生菜
pumpkin 南瓜
ginger 薑

Toys 玩具

ball 球
doll 洋娃娃
blocks 積木
jigsaw puzzle 拼圖
toy gun 玩具槍
robot 機器人（機械人）

kite 風箏
video game 電子遊戲
rocking horse 木馬
balloon 氣球

Stationery 文具

pen 圓珠筆（原子筆）
pencil 鉛筆
ruler 尺子
rubber 橡皮（擦膠）
notebook 筆記本（筆記簿）
paper 紙
book 書
scissors 剪刀
glue 膠水
crayon 蠟筆

Clothes 衣物

shirt 襯衫（恤衫）
coat 外套
dress 裙子
hat 帽子
tie 領帶
shoes 鞋子
socks 襪子
scarf 圍巾
gloves 手套
shorts 短褲
sweater 毛衣
jeans 牛仔褲
trousers 長褲
pyjamas 睡衣
belt 皮帶

95

slippers 拖鞋
vest 背心
swimsuit 泳衣

Household Items 家居用品

fork 叉子
knife 刀
chopsticks 筷子
spoon 匙子
cup 杯子
bowl 碗
dish 盤子（碟）
bed 牀
chair 椅子
table 桌子
desk 書桌
sofa 沙發（梳化）
closet 衣櫃
clock 時鐘
door 門
window 窗
broom 掃帚
television 電視機
computer 電腦
fridge 冰箱（雪櫃）
lamp 燈
fan 電風扇
telephone 電話
pillow 枕頭
blanket 被子
mirror 鏡子

Daily Necessities 日常用品

toothbrush 牙刷
toothpaste 牙膏
towel 毛巾
sunblock 防曬霜（太陽油）
comb 梳子
tissue paper 紙巾
shampoo 洗髮水
shower gel 沐浴乳
newspaper 報紙
magazine 雜誌
calendar 日曆
umbrella 雨傘
raincoat 雨衣
rain boots 雨靴

Transportation 交通工具

bus 巴士
minibus 小巴
tram 電車
ship 輪船
train 火車
taxi 的士
car 汽車
truck 貨車
ferry 渡輪
motorcycle 摩托車（電單車）
fire engine 消防車
police car 警車
ambulance 救護車

aeroplane 飛機

Places 地點

supermarket 超級市場
park 公園
zoo 動物園
shop 商店
cinema 電影院
school 學校
library 圖書館
hospital 醫院
church 教堂
beach 沙灘

Sports 運動

tennis 網球
basketball 籃球
football 足球
swimming 游泳
skating 溜冰
cycling 騎單車
badminton 羽毛球
table tennis 乒乓球
skipping 跳繩
running 跑步

Nature 大自然

sun 太陽
moon 月亮
star 星星
cloud 雲
rainbow 彩虹

snow 雪
wind 風
rain 雨
tree 樹
leaf 葉子
grass 草
flower 花
sand 沙
stone 石頭
sky 天空
sea 海洋
hill 山
river 河流

幼兒英漢識字圖典
English-Chinese Picture Dictionary for Kids

編　　著：新雅編輯室
繪　　圖：Paper Li、李妮娜
責任編輯：劉慧燕、黃稔茵
美術設計：李成宇、徐嘉裕
出　　版：新雅文化事業有限公司
　　　　　香港英皇道499號北角工業大廈18樓
　　　　　電話：(852) 2138 7998
　　　　　傳真：(852) 2597 4003
　　　　　網址：http://www.sunya.com.hk
　　　　　電郵：marketing@sunya.com.hk
發　　行：香港聯合書刊物流有限公司
　　　　　香港荃灣德士古道220-248號荃灣工業中心16樓
　　　　　電話：(852) 2150 2100
　　　　　傳真：(852) 2407 3062
　　　　　電郵：info@suplogistics.com.hk
印　　刷：中華商務彩色印刷有限公司
　　　　　香港新界大埔汀麗路36號
版　　次：二〇二四年二月初版
　　　　　二〇二四年六月第二次印刷

ISBN: 978-962-08-8318-7
© 2024 Sun Ya Publications (HK) Ltd.
18/F, North Point Industrial Building, 499 King's Road, Hong Kong
Published in Hong Kong SAR, China
Printed in China